PIECES
FUGITIVES.

PIECES
FUGITIVES,

Par M. Pre PIERY,

ANCIEN CAPITAINE DE CHASSEURS A CHEVAL.

A PARIS,

DE L'IMPRIMERIE DE P. DIDOT L'AINÉ.

AN XIII. = M. D CCCV.

FAMILIAE ET AMICIS.

PIECES
FUGITIVES.

(M. DCCLXXXII.)

~~~~~~

LE GARDE-CHASSE

ET LÉS PERDRIX.

FABLE.

Dans une immense et riche plaine,
Sur les bords riants de la Seine,
Maintes perdrix vivoient tranquillement :
Un garde-chasse vigilant
Les garantissoit de l'outrage
De la belette au nez pointu,
De l'émouchet au doigt crochu,
Et des matous du voisinage :
Tranquilles dans cet hermitage

Leurs jours étoient des jours heureux;
Et si perdrix forment des vœux,
Elles en ont formé, je gage,
Pour leur protecteur généreux;
Qu'il est attentif! disoient-elles,
Combien nous éprouvons ses soins et sa bonté!
C'est un dieu descendu des voûtes immortelles
Pour présider à notre sûreté
Dans ces retraites.
Elles se trompoient les pauvrettes:
Le temps de la chasse arriva,
Et le plomb, plus léger que leurs rapides ailes,
En les atteignant, leur prouva
Qu'on ne les gardoit pas pour elles.

Le monde est plein, mes chers amis,
De gardes-chasse et de perdrix.

L'ÉPOUVANTAIL

ET LES OISEAUX.

FABLE.

Un laboureur semant du grain,
Chantoit, et calculoit sa récolte prochaine,
Lorsque d'oiseaux divers un redoutable essaim,
 Petits brigands qui marchent par centaine,
Fondit de toutes parts sur ce nouveau butin.
Ah ! dit le laboureur, je saurai vous apprendre
 A respecter mon bien et mon travail !
 Et le bon homme sans attendre
Au milieu de son champ place un épouvantail.
 D'abord la troupe consternée,
 Guettant de l'œil, se tenoit à l'écart ;
 Ensuite, un peu moins étonnée,
Approchant de plus près, court un plus grand hasard :
 On examine, on observe, l'on cause ;
Tantôt ce n'étoit rien, puis c'étoit quelque chose :
Enfin on reconnut toute la nullité

De l'épouvantail redouté.
La nouvelle à l'instant se répand à la ronde ;
Chacun vint, baffoua l'inutile instrument,
    Et l'on pilla tout le froment.

    Il est force gens dans le monde
    Qui n'en imposent qu'un moment.

———

ÉPIGRAMME.

Un janséniste confessoit
Certain pécheur qui gémissoit,
S'accusant avec repentance
D'être menteur, et menteur par état.
Par état! quelle extravagance!
Reprend aussi-tôt le béat:
Expliquez-vous, êtes-vous moliniste?
Non, monsieur, je suis journaliste.

SUR LE DÉPART

DE M. DE LA FAYETTE

POUR L'AMÉRIQUE SEPTENTRIONALE.

Avoir cent mille francs de rente,
Porter un grand nom à la cour,
Être adoré d'une épouse charmante
Digne du plus tendre retour,
Tout quitter pour aller sur les pas de Bellone
Affronter les hasards et braver les saisons :
Cela mérite une couronne,
Ou les petites-maisons.

A MADAME DE ***,

EN FAISANT REMETTRE UN BOUQUET CHEZ SON SUISSE.

Je n'ai pas oublié que vous avez, Zémire,
   Un goût décidé pour les fleurs :
Alors que je vivois sous votre aimable empire ;
Je parois votre sein de leurs vives couleurs.
Privé depuis long-temps d'un si doux ministere,
Craignant même un refus de la divinité,
Je dépose en tremblant au pied du sanctuaire
Un bouquet qu'autrefois j'eus mis à son côté.

———

ÉPITRE

A MADAME DE SAINTE-AMARANTHE,

LE JOUR DE L'AN 1784.

Serviteur, divine Amaranthe!
Je vous souhaite en ce jour
Plaisirs, gaieté, santé riante,
Et les hochets du dieu d'amour.
Conservez l'heureux caractere
Par qui l'on est sûr de charmer.
Belle, vous avez l'art de plaire;
Bonne, l'art de vous faire aimer :
C'est ainsi que dame nature
Vous embellit de ses présents,
Et, pour en combler la mesure,
Vous fit mere de deux enfants
De la plus aimable tournure.
Lili, riant, frais et dispos,
Ressemble à celui de Cythere,
Et la déesse de Paphos

De Mimi (1) se diroît là mere,
Si l'on ne voyoit trait pour trait
Qu'elle est en tout votre portrait ;
De plus vous avez, belle dame,
Un ami digne de vos vœux
En qui vous épanchez votre ame.
Salut, salut au couple heureux !

(1) Madame de Sainte-Amaranthe ; Lili, son fils, âgé de 17 ans, Mimi (femme Sartine), sa fille, âgée de 21 ans: Aucâne, âgé de 42 ans. Ces quatre infortunés furent assassinés sous la tyrannie de Robespierre.

QUATRAIN

PLACÉ AU BAS DE LA GRAVURE DE MA MERE.

Sa vertu, sa raison, son heureux caractere,
Jamais un seul instant ne se sont démentis.
Hélas! faut-il pleurer une aussi tendre mere
Au moment où ces dons étoient si bien sentis?

LE LOUP ET LA BICHE.

FABLE.

Un loup connu par maint forfaits
Se retiroit le jour au fond d'un bois épais;
Une biche timide, et du bruit ennemie,
De ce lieu solitaire avoit fait son manoir:
    On est souvent sans le savoir
    En fort mauvaise compagnie;
    C'est un malheur; on va le voir.
Or donc il arriva qu'à l'animal vorace
Le seigneur du canton voulut donner la chasse:
Il convoqua les gens du bourg et des hameaux,
Puis leur renouvela très expresse défense
    De faire feu sur d'autres animaux
    Que sur le loup; et marchant en silence
    Autour du bois il poste les tireurs,
    Il place au centre les batteurs,
Donne un signal, et la chasse commence.
    La biche part au premier bruit,
    D'un pied léger elle s'enfuit:
    Hélas! une errreur condamnable

3

De l'animal proscrit lui réservoit le sort.
A travers le feuillage on crut voir le coupable,
  Et l'innocent reçut la mort.

  Espérons un temps plus prospere :
  Braves gens, tranquillisez-vous;
  On dit que l'on va si bien faire
Qu'on ne prendra jamais les biches pour des loups.

———

ÉPIGRAMME

CONTRE LE COMTE DE RIVAROL
ET LE MARQUIS DE CHAMPCENET.

Au petit hôtel de la Chine
On est servi très proprement:
Rivarol y fait la cuisine,
Et Champcenet l'appartement.

Nota. Le Comte de Rivarol étoit fils d'un aubergiste,
et le Marquis de Champcenet, petit-fils d'un valet-de-
chambre.

~~~~~~

A MADAME DE ***,

EN LUI ENVOYANT DES SERPETTES.

INTÉRESSANTE jardiniere
En vous voyant tailler un arbrisseau léger
  Ou cultiver la rose printaniere,
On se ressouviendra qu'Apollon fut berger

LE CHIEN BARBET

ET LES CHEVAUX DE FIACRE.

FABLE.

Sur le siege d'une voiture
Un chien barbet plein de bon sens
Observoit deux chevaux de mesquine encolure
Qui, sous les coups de fouet sans cesse frémissants,
Souvent légers de nourriture,
Et toujours exposés aux injures du temps,
Pour ajouter encore à leur triste aventure,
Se meurtrissoient entre eux et des pieds et des dents.
Mes amis, leur dit-il, quel délire est le vôtre?
N'êtes-vous pas assez malheureux l'un et l'autre?
Dévoués à tant de fléaux,
Supportez ceux que la nature amene,
Et n'en créez pas de nouveaux.

Ce qu'il disoit à des chevaux,
Je le dis à l'espece humaine.

LE MAL DE TÊTE.

Doris, tandis que tu reposes
Sur ce tapis émaillé de pavots,
 Et que tes levres demi-closes
 Exhalent le parfum des roses
 Que Vénus cueilloit à Paphos:
 Du mal de tête qui m'obsede
 Je suis soulagé près de toi.
 Que de gens voudroient comme moi
 Avoir le mal pour le remede!

EPIGRAMME

CONTRE SULEAU, JOURNALISTE.

On dit que monsieur Suleau,
Pour écrire avec énergie
A grand besoin que son cerveau
Soit réchauffé par l'eau-de-vie.
J'ai lu son premier numéro;
J'ai dit: La bouteille est finie.

ÉPITRE

A M. ROBERT,

HOMME DE LETTRES ET ADMINISTRATEUR
DU DÉPARTEMENT DE LA COTE-D'OR.

Sage Robert, hélas! sans vous
Le patrimoine des artistes
Étoit mutilé sous les coups
Des marteaux de nos terroristes:
Il reste quelques monuments,
Il reste aussi quelques grands hommes.
Faisons si bien qu'un nouveau temps
Fasse grace au temps où nous sommes.
En vous lisant, je fonde un espoir aussi doux.
Aimer les arts, c'est avoir du génie,
Et l'on peut dire encor de vous,
Les protéger, c'est servir sa patrie.

APOLOGUE.

LA SOURIS.

Au piege une souris fût prise ;
C'est le pire des accidents :
Elle rongea ; folle entreprise !
Le piege étoit de fer ; elle y perdit les dents.
Joueurs qui frappez une table,
Qui brisez un cornet, qui mordez du carton,
Si la souris est excusable
Pensez-vous l'être ? oh ! parbleu non.

———

4

AU DIRECTEUR

DE LA POUDRERIE DE VONGES.

Lorsque Sigault, chargé de préparer la foudre
    Qui doit gronder dans les combats,
Reçut pour son trimestre un paquet d'assignats;
    Parbleu, dit-il, on veut donc me résoudre
      A fournir encor aux soldats
    Le papier pour bourrer la poudre.

A UN HOMME EN PLACE,

EN DEMANDANT UN PASSEPORT POUR LA SUISSE,

On dit qu'il faut un passe-port
Pour aller sur terre étrangere :
On me cite la loi ; mais la loi n'est pas claire,
Et j'en demande le rapport.
Suivez nos François à la guerre,
Et vous serez bientôt d'accord
Qu'il ne faut point de passe-port,
Pour aller sur terre étrangere.

LE BRACONNIER

ET LES CHIENS COURANTS.

FABLE.

Un braconnier avoit deux chiens courants,
Vigoureux, de haut nez, et d'excellente race.
Compagnons, leur dit-il, accablé par les ans
    Je ne peux plus vous conduire à la chasse:
Vieillesse et pauvreté sont fardeaux trop pesants;
    Mais je pourrai vous indiquer la place
Où certains animaux gissent en certain temps.
    Allez donc seuls, rapportez votre proie,
Nous la partagerons tous les soirs au logis,
    Et nous vivrons en bons amis :
Allez; que Saint-Hubert nous tienne tous en joie.
    Ce plan leur parut très sensé,
On est d'accord, on part, un lievre fut lancé;
Il rusa, fit cent tours, espérance inutile:
Échapper à nos chiens, n'est pas chose facile,
    En moins d'une heure il fut forcé.

Lecteurs, vous attendez qu'on en vienne au partage:
Détrompez-vous; on ne partagea pas.

Oh! que de gens aussi peu délicats
De semblables moyens font un semblable usage;
Et pour mieux réussir s'y prennent encore mieux;
Honneur et bonne foi composent leur langage:
Ils annoncent partout qu'obliger les soulage;
Ils se disent aimants, ils sont affectueux;
Indiquez-leur un lievre, ils le prennent pour eux.

PIECES FUGITIVES.

(M. DCCXCIII.)

~~~~~~

LE PARTAGE DES TERRES.

Sectateurs du régime agraire,
Disciples du bon Robespierre,
Vos travaux, vos efforts vont recevoir un prix :
Le grand partage va se faire.
Pour votre humanité, vos vertus, vos écrits,
Il vous revient six pieds de terre.

EPIGRAMME.

Manqué d'un coup de pistolet,
Collot-d'Herbois disoit à qui vouloit l'entendre :
« Je ne vis pas le feu jaillir du bassinet,
« Mais j'entendis le plomb comme un léger sifflet. »
La chose est facile à comprendre,
Lui répliqua quelqu'un qui l'écoutoit;
« Il est une ancienne maxime
« Qu'on nous rappelle chaque jour:
« Elle dit qu'on peut être aveuglé par le crime;
« Mais elle ne dit pas qu'on en devienne sourd. »

A UN HOMME EN PLACE,

EN LUI ENVOYANT UN CHAPON MAIGRE.

Je vous envoie un chapon qui toujours
    A vécu libre dans mes cours.
Je conviens avec vous qu'enfermé dans la cage
    Il auroit bien mieux profité:
Mais fidele au systême à présent en usage,
J'ai mieux aimé le voir maigrir en liberté
    Que s'engraisser dans l'esclavage.

5

EPIGRAMME

CONTRE UN COMMISSAIRE AUX ARMÉES.

J'ai vu le commissaire, il fera tout pour moi;
En générosité personne ne l'égale;
Il m'a serré la main, m'a promis un emploi:
Deux jours après j'avois la gale.

ÉPIGRAMME.

Qu'un ivrogne chante Bacchus,
Qu'un débauché chante Vénus,
　Je n'ose plus aimer, ni boire;
Que Robespierre encor nous parle de vertus,
　Je finirai par n'y plus croire.

LE COQ ET LA POULE.

FABLE.

Une poule couvoit; son coq étoit près d'elle:
Madame, lui dit-il, avant la fin du jour
   Vous allez donc offrir à mon amour
Les nobles rejetons d'une tige si belle.
     Issu de ces héros fameux,
De ces coqs autrefois si vantés dans la Grece,
J'espere que mes fils, imitant mes aïeux,
    S'honoreront un jour comme eux
    Par leur courage et leur adresse:
Il me semble les voir, intrépides guerriers,
Dans les cirques anglais (1) signalant lour vaillance,
Fixer tous les regards par leur mâle assurance,
   Combattre, vaincre, et cueillir des lauriers:
      Quant à mes filles,
Je veux les allier à d'illustres familles.
A peine achevoit-il ces fastueux propos,

---

(1) Les Anglais, comme les Grecs, sont passionnés pour les combats de coqs.

Que la poule lui dit: Nos petits sont éclos;
 Rendons grace à la Providence;
Embrassez vos enfants. — Alors le coq s'avance:
  Mais par un de ces hasards
  Ailleurs aussi communs qu'en France,
 Ses enfants étoient des canards.

  L'homme propose,
   Dieu dispose.

EPIGRAMME.

Damis depuis deux jours est dans un triste état:
Le malheureux ne reconnoît personne.
Sa goutte?... un coup de sang?... La nouvelle m'étonne.
Non, mon ami; son entrée au sénat.

LE COMPERE BABILLARD.

Sur l'air = Femmes voulez-vous éprouver.

Il faut, adorable Jullien,
Que je vous explique d'avance
Du devoir de parrain au mien
Quelle est l'extrême différence:
Le parrain offre pour sa part
Bouquets, bijoux, dentelles, gases;
Mais le compere babillard
Doit s'en tirer avec des phrases.

A MADAME DE STAAL,

SUR SON SYSTEME DE LA PERFECTIBILITÉ

DE L'ESPRIT HUMAIN.

De la perfectibilité
Vous êtes le plus beau modèle :
L'esprit humain tend sans cesse vers elle ;
C'est encore une vérité,
Mais dans sa marche graduelle
Si cet esprit n'est jamais arrêté,
Dérobant les secrets de la Divinité,
L'homme deviendra donc un jour plus puissant qu'elle.

IMPROMPTU

SUR UNE CHAMBRE A COUCHER,

EN FORME DE TENTE.

Quand vous habiterez cette enceinte charmante,
Heureux époux, on pourra voir
Et la beauté dans un boudoir,
Et son vainqueur sous une tente.

FIN.

6

www.ingramcontent.com/pod-product-compliance
Lightning Source LLC
Chambersburg PA
CBHW060846180626
46818CB00004B/1607